POUR AIDAN ET AUDREY HAMLIN

TABLE DES MATIÈRES

CAPITAINE BOBETTE ET LA BAGARRE BRUTALE DE BIOCROTTE DENÉ 2E PARTIE : LA REVANCHE DES RIDICULES CROTTES DE NEZ ROBOTIQUES

Le septième roman épique de
DAV PILKEY

Texte français de Grande-Allée Translation Bureau

Éditions
■ SCHOLASTIC

Avis aux parents et enseignants
Les fôtes d'ortograf
dent les BD de Georges et Harold
son vous lue

ISBN 0-439-96628-0
ISBN-13 978-0-439-96628-3

Titre original : Captain Underpants and the Big, Bad Battle
of the Bionic Booger Boy
Part 2 : The Revenge of the Ridiculous Robo-Boogers

Édition publiée par les Éditions Scholastic, 604, King Ouest,
Toronto (Ontario) M5V 1E1.

7 6 5 4 3   Imprimé au Canada   121   13 14 15 16 17

MIXTE
Papier issu de
sources responsables
FSC® C004071

La triste, triste vérité
à propos du capitaine Bobette

Il étè une fois deux p'tits gars vraiment cool appelés Georges et Harold.

On est méga super!

Moi aussi.

Maleureuseman, leur directeur était le méchant M. Bougon.

Bla, bla, bla

Un jour, ils l'ont hynoptisé avec un Anneau hynoptique 3-D.

Tu vas ~~nous~~ obéir à tous no zordres.

Oui, maîtres.

M. Bougon est donc devenu en leur pouvoir.

Tu es un singe.

Ha, ha, ha!

Ouh, ouh!

Mais ils ont commis une terrrrible errrrreur

Tu es maintenant le capitaine Bobette.

OK

Ha, ha, ha, ha!

Tra-la-laaaa

C'était draule jusqu'à ce qu'il sôte par la fenaître.

Hé, reviens ici!

Pas question!

M. Bougon pençait vraiment qu'il était un vrai superhéros. Il a fè toutes sortes de bêtises.

Oh, non!

Un jour, il sè presque fait tuer par un pisse-en-lit.

À l'aide!

Georges a donc volé du superjus croissance accélérée à un extraterrestre...

...et lui en a doné.

S.C.A.

Glou glou glou

Mais ce jus donne des superpouvoirs.

M. Bougon peut mintenan voler et fère des tas de trucs.

V'là que sa recommance!

Chaque fois que M. Bougon entend quelqu'un claquer des doigts...

Bla, bla, bla!!!

Clac!

...il se transforme en capitaine Bobette.

Tra-la-laaaa!

Et chaque fois qu'on verse de l'o sur la tête du cap. B...

H2O

...il redevient M. Bougon.

Bla, bla, bla!

Noubli pas!!! Ne fè pas claquer tes doigts près de M. Bougon.

MAIS...

Ça, sè juste la première partie de l'istoire...

CONTINUE!

À l'ékole, il y a un élève appelé Louis Labrecque.

Je suis un abruti idiot.

Louis a inventé un combino-machin qui unit des choses.

Il a d'abord combiné son hamesteur apprivoisé (Sulu) à un robo.

Sulu   Robot

Eurêkaaa! J'ai créé le premier hamesteur bionique!

Ensuite, il a essayé de se combiner lui-même à un robo...

Mais, au dernier moment, il a éternué.

Atchoum!

Il a axidentellement été combiné à un robo... et à sa propre morve!

Zap!

Il est devenu Biocrotte Dené.

Je suis un abruti idiot.

Oh, oh...

Un jour, il a attrabé le rhube.

Atchoum!

Il est devenu fou et s'est transformé en monstre.

En suite, il a avalé le capitaine Bobette.

Mais Sulu, le hamesteur bionique, l'a vaincu.

Ensuite, les parents de Louis ont renversé les effets du combino-machin.

Ils l'ont zappé et ont dispersé les crotes de nez.

ZAP!

BOUM!

CHAPITRE 1
GEORGES ET HAROLD

Voici Georges Barnabé et Harold Hébert. Georges,
c'est le petit à gauche avec une cravate et des cheveux
coupés au carré. Harold, c'est le garçon aux cheveux
fous à droite, qui porte un t-shirt. Ils vont
t'accompagner tout au long de l'histoire.

Voilà M. Bougon, Louis Labrecque et Sulu, le hamster bionique. M. Bougon porte un caleçon, est chauve et se trouve à gauche sur l'illustration. Louis, c'est le petit gars avec le nœud papillon et les lunettes qui court à droite. Sulu, le hamster bionique, c'est la petite bête au centre qui a des globes oculaires au laser, des jambes macrohydrauliques supersauteuses, des automabras

superpulvérisateurs miniatures, un endosquelette télescopique flexible pratiquement indestructible et un processeur à double turbo 3000 SP5 en alliage de titane et de lithium. Souviens-toi de tout ça.

Et ça, ce sont les ridicules crottes de nez robotiques, trois des plus infâmes, des plus dégoûtantes et des plus terrifiantes créatures qui aient jamais dégouliné sur Terre. Même leurs noms sont d'horribles et de monstrueux surnoms qui, lorsqu'ils sont prononcés, rendent fous même les héros les plus courageux.

Si vous avez l'audace de vouloir connaître leurs noms cauchemardesques et lamentables, je vais vous les révéler. Mais ne venez pas vous plaindre si, à cause de ça, vous devez dormir avec une veilleuse allumée pour le restant de vos jours.

Je vous présente (de gauche à droite) Carl, Trixie et Frankenmorve.

Vous voyez? Je vous avais bien dit qu'ils portaient des noms effrayants!

Carl, Trixie et Frankenmorve lancent tous les trois des hurlements terrifiants et pleins de fureur, à vous fendre les oreilles, tandis qu'ils pourchassent nos héros dans les rues de la ville. Les crottes de nez robotiques parviennent finalement à coincer tout le monde dans un cul-de-sac. Les trois monstres pleins de mucus s'approchent de plus en plus, et finissent par bondir en direction de leurs proies.

La situation est devenue si effroyable que Georges, Harold, Louis et M. Bougon se ferment les yeux en attendant les épouvantables cris annonciateurs de leur mort inévitable.

Glouglou! Glouglou! Glouglou!

Mais au lieu des cris épouvantables annonciateurs de leur mort inévitable, nos héros entendent quelque chose de tout à fait différent. Au dernier moment, Sulu, le hamster bionique, ouvre toute grande sa mâchoire télescopique flexible et aspire les trois monstres.

Ses joues bioniques se gonflent au maximum de leur capacité, tandis qu'il pointe sa tête poilue en direction du ciel.

Puis, avec la force d'un lancement de navette spatiale, Sulu recrache les trois vilains visqueux dans l'espace.

PTOU! PTOU! PTOU!

Les trois ridicules crottes de nez robotiques fendent le ciel comme des boulets de canon. Le temps de le dire, ils quittent l'atmosphère terrestre et entament un voyage en direction d'Uranus. La brutale bagarre est terminée.

— Ça, c'est une conclusion rapide! dit Harold. Il s'agit de l'aventure la plus courte qu'on a jamais vécue!

— C'est vrai! répond Georges.

CHAPITRE 2
CE N'EST PAS VRAI

Malheureusement pour Georges et Harold, leur
aventure ne fait que commencer. Tandis que tout
le monde retourne à l'école, une dispute
incompréhensible éclate.

— Je veux ravoir mon hamster, dit M. Bougon.

— Votre hamster? demande Georges.
Premièrement, c'est maintenant NOTRE hamster.
Deuxièmement, il ne vous a jamais appartenu.
Il appartenait à Louis.

— Je me fiche de savoir À QUI il appartient, interrompt Louis. Il est interdit d'apporter des hamsters à l'école… et plus particulièrement dans MON ÉCOLE! Je vais vous coller une retenue à tous les trois pour avoir apporté cette bête poilue en classe!

— Tu ne peux pas nous envoyer en retenue, déclare Harold. Tu n'es qu'un enfant – comme nous!

Tout à coup, M. et Mme Labrecque arrivent en
courant.

— Louis, mon petit, tu es sain et sauf! s'exclame
Mme Labrecque.

— Nous sommes si heureux de te voir vivant,
mon fils! s'écrie M. Labrecque.

— Mamou! Papou! s'écrie M. Bougon.

Il s'élance vers les parents de Louis, les bras grands ouverts. Mme Labrecque pousse un cri d'effroi en voyant un homme chauve et en bobettes s'élancer vers elle et son mari.

— Hé! Mais qu'est-ce qui vous prend? crie M. Labrecque.

— C'est moi, Papou! dit M. Bougon. Tu ne reconnais pas ton propre fils?

— Éloignez-vous de nous, espèce de… espèce de… espèce de MALADE! hurle Mme Labrecque en donnant des coups de sac à main sur la tête de M. Bougon.

Louis ne prête pas attention à tout ce brouhaha. Il passe devant ses parents et M. Bougon, et entre dans l'école.

Louis monte l'escalier comme un ouragan et se dirige vers le bureau de la direction. Tout le personnel, à l'exception de Mme Empeine, a quitté pour la journée. Mme Empeine s'apprête à partir, elle aussi.

— Mais où croyez-vous aller ainsi, madame?!!? hurle Louis.

Mme Empeine se retourne et dévisage, stupéfaite, l'élève de quatrième année qui se tient devant elle.

— Qu'est-ce que tu viens de DIRE?!!? crie-t-elle, d'une voix qui se transforme rapidement en un hurlement. Pour qui… MAIS POUR QUI TU TE PRENDS?!!?

— Je suis celui qui va vous congédier si vous ne lui servez pas sa tasse de café… MAINTENANT! hurle Louis.

31

En temps normal, les secrétaires d'école n'ont pas le droit de suspendre un élève à un crochet par ses bobettes. Mais Mme Empeine a connu une journée particulièrement stressante aujourd'hui. Elle a été recouverte de morve, traînée dans toute la ville par un monstre robotisé déchaîné et (ce qui est pire) forcée d'accompagner une classe pour une sortie éducative. Maintenant, elle prend sa revanche.

CHAPITRE 3
M. LOUIS
ET PETIT BOUGON

Mme Empeine prend son sac et rentre chez elle en marmonnant. En la croisant dans le corridor, Georges et Harold entendent les hurlements de colère de Louis, provenant du bureau du directeur. Ils se rendent au bureau pour voir ce qui se passe.

Tandis qu'ils tentent de décrocher Louis,
M. Bougon entre en courant dans le bureau, en
sueur et à bout de souffle.

— Hé, les gars, vous devez m'aider, dit-il en
criant. Ma mère et mon père essaient de me tuer!
Est-ce que le monde est devenu FOU?

— Relaxe, Einstein, dit calmement Georges, et
habille-toi!

Georges et Harold ont déjà compris ce qui se
passe. Ils tentent donc de tout expliquer à Louis et
à M. Bougon.

— C'est simple, dit Harold. Après que vous avez été combinés ensemble à l'aide du Combinotron 2000, on a mis les piles à l'envers dans l'appareil et on vous a séparés. Mais pour une étrange raison, ce sont vos cerveaux qui ont changé de place. Maintenant, le cerveau de M. Bougon est dans le corps de Louis et celui de Louis est dans le corps de M. Bougon.

— Vous dites des SOTTISES! s'écrie Louis.

— Jetez un coup d'œil, vous allez voir, répond
Georges en approchant un miroir pleine longueur
devant M. Bougon et Louis.

Ils se regardent, tout étonnés.

— Je suis redevenu un enfant, remarque le gars
qui a les traits de Louis, mais le cerveau de M. Bougon.

— Et je suis vieux, gros, chauve et laid, s'écrie le
gars qui ressemble à M. Bougon, mais qui a le cerveau
de Louis. En plus, j'ai mauvaise haleine, des poils dans
le nez qui donnent la chair de poule et…

— HÉ! s'écrie le gars qui ressemble à Louis, mais
qui a le cerveau de M. Bougon.

Vous êtes sûrement en train de vous dire : « Je n'y comprends plus rien! » Ne vous inquiétez pas, vous allez tout comprendre à la fin du chapitre 17. Mais, pour le moment, renommons les deux personnages dont les cerveaux se retrouvent dans les mauvais corps. Qu'est-ce que vous en pensez? Le gars qui ressemble à M. Bougon (mais qui a le cerveau de Louis Labrecque), on va l'appeler « M. Louis », et celui qui ressemble à Louis Labrecque (mais qui a le cerveau de M. Bougon), on va l'appeler « Petit Bougon ».

Quand vous serez tout mêlés, vous n'aurez qu'à consulter la radiographie ci-dessous.

CHAPITRE 4
LES CHOSES EMPIRENT

Petit Bougon grimpe sur sa chaise et exige de savoir ce qui va être fait pour démêler toute cette confusion.

— Je pourrais résoudre ce problème tout de suite si j'avais encore mon Combinotron 2000, dit M. Louis d'un air penaud, mais il a été réduit en mille morceaux dans le livre précédent.

— Alors, construis-en un nouveau! hurle Petit Bougon.

— D'accord, gémit M. Louis, mais ça va me prendre environ six mois.

— SIX MOIS?!!? s'écrie Petit Bougon. Je ne peux pas me promener pendant six mois dans la peau d'un enfant! J'ai une école à diriger, mon gars!

— Désolé, pleurniche M. Louis, mais la construction d'un combinateur cellulaire est extrêmement complexe. Ça prend du temps. C'est plus difficile à construire qu'un robot ou une machine à remonter le temps ou encore un photo-atomicotrans-somgobulato-yectofantri-plutonizanziptomiseur.

— Hé, attends une minute, dit Georges. As-tu bien dit qu'il est facile de construire une machine à remonter le temps?

— Oui, répond M. Louis. Ça prend à peine un jour ou deux. Pourquoi?

— Tu devrais en construire une, alors, dit Georges. Tu pourrais ensuite remonter de quelques jours dans le temps, avant que le Combinotron n'ait été brisé en mille morceaux. Tu pourrais le prendre et le ramener à aujourd'hui.

M. Louis réfléchit un moment, puis son regard s'éclaire.

— Je l'ai! s'exclame-t-il en claquant des doigts. Je vais construire une machine à remonter le temps. Je pourrai ensuite remonter de quelques jours dans le temps, avant que le Combinotron ait été brisé en mille morceaux. Je pourrai le prendre et le ramener à… hé! mais qu'est-ce qu'il fait, lui?

Tout le monde se retourne et regarde Petit
Bougon qui s'est dévêtu, ne porte plus que son
caleçon et est en train de se nouer un rideau rouge
autour du cou.

— OH, NON! s'écrie Georges. DE L'EAU!!!
IL NOUS FAUT DE L'EAU!!!

Harold s'élance en courant jusqu'à la fontaine, mais il est déjà trop tard. Petit Bougon a poussé un « Tra-la-laaa » triomphant, a tourné les talons, puis s'est envolé par la fenêtre.

CHAPITRE 5
LES CHOSES EMPIRENT ENCORE PLUS

— Avez-vous vu… ça? s'écrie M. Louis. Je viens juste de m'élan… Je veux dire, Petit Bougon vient tout juste de s'élancer par la fenêtre en volant! EN VOLANT!

— Ouais, on le sait, soupire Georges.

— C'est… c'est incroyable! s'écrie M. Louis. Il croit sûrement être le capitaine Bobette ou quelque chose du genre. Ou… ou est-ce que ça se peut? Est-ce que ça se peut que notre directeur SOIT le capitaine Bobette?

— Tu es un vrai génie! répond Harold.

— Mais M. Bougon ne ressemble pas du tout
au capitaine Bobette, dit frénétiquement M. Louis.
Le capitaine Bobette est chauve! Et d'habitude,
M. Bougon a des cheveux. Hé! Je sais! Peut-être
que M. Bougon porte un toupet?

— Et moi qui pensais que tu faisais partie des
élèves « doués », soupire Georges.

— Mais… mais comment parvient-il à voler? D'où
viennent ses superpouvoirs? demande M. Louis.

— C'est une longue histoire, répond Harold.

M. Louis se calme un peu, traverse la pièce avec
confiance et s'assoit sur la chaise du directeur. Il se
laisse aller en arrière et fait un sourire diabolique.

— Allez, racontez-moi tout, dit-il. J'ai tout mon
temps.

CHAPITRE 6
LES CHOSES EMPIRENT ENCORE BEAUCOUP PLUS

Georges et Harold n'ont d'autre choix que de dire
la vérité. Ils racontent à M. Louis toute l'histoire
du capitaine Bobette : comment ils ont réussi à
hypnotiser M. Bougon et à lui faire boire du superjus
croissance accélérée appartenant à un extraterrestre;
et comment ses superpouvoirs ont été transférés
dans le corps de Louis, d'une manière quelconque,
en même temps que le cerveau de M. Bougon.

   Pendant que Georges et Harold s'expliquent, le
sourire de M. Louis s'élargit de plus belle et devient
de plus en plus diabolique.

   — Pourquoi tu souris? demande Georges. C'est
SÉRIEUX!

   — Ouais, approuve Harold. On est tous dans
le pétrin si on ne ramène pas les choses
comme elles étaient avant!

— Correction, réplique M. Louis. C'est VOUS DEUX qui allez être dans le pétrin. Tous mes problèmes sont TERMINÉS. Moi, Louis Labrecque, je vais réintégrer mon corps et GARDER les superpouvoirs pour moi tout seul. Je vais devenir le premier enfant superpuissant au monde!

— Hé! Tu ne peux pas faire ça! proteste Harold.

— Je peux faire tout ce que je veux, dit M. Louis d'un ton brusque. C'est moi qui commande maintenant. Je ressemble comme deux gouttes d'eau au directeur, alors c'est moi qui décide des règlements, et vous, les gars, vous allez les respecter, sinon...!

— Sinon, quoi? demande Georges.

— Sinon, rugit M. Louis, je vais ordonner à vos enseignants de vous donner douze heures de devoirs par soir, pendant les huit prochaines années!!!

Cette réponse cloue le bec à Georges et à Harold.

M. Louis ordonne tout d'abord à Georges et Harold de créer un nouvel album de bandes dessinées, mettant en vedette le premier enfant superpuissant au monde, Louis Labrecque.

— Trouvez-moi un nom vraiment génial, ordonne M. Louis, quelque chose comme Louis-le-Grand ou Louis-le-Mystérieux…

— LOUIS-LE-MYSTÉRIEUX??? lancent Georges et Harold, incrédules.

— …et inventez une histoire où je réussis à vaincre le capitaine Bobette et deviens le plus grand superhéros au monde. Et ne me faites pas paraître ridicule! dit rageusement M. Louis.

— Mais on ne peut pas faire une bande dessinée maintenant, proteste Harold. On doit se lancer à la poursuite du capitaine Bougon... euh... du p'tit gars en bobettes.

— Vous pourrez le poursuivre tant que vous le voudrez, rétorque M. Louis, APRÈS que vous aurez fait la bande dessinée. Au travail, et que ça saute! Moi, il faut que je construise une machine à remonter le temps.

CHAPITRE 7
LE P'TIT COIN MAUVE

M. Louis a acheté tous les éléments nécessaires à la construction de sa machine à remonter le temps.
Il lui faut maintenant un endroit où la construire.
Il cherche un coin tranquille et isolé. Un coin vide et retiré. Une pièce où personne ne met JAMAIS les pieds.

— J'ai trouvé! s'écrie-t-il. La bibliothèque de l'école!

La bibliothèque de l'école primaire Jérôme-Hébert a déjà été un haut lieu du savoir et de l'apprentissage. Mais, il y a quelques années, la bibliothécaire, Mme Tête-Enlair, a commencé à bannir la plupart des livres. Maintenant, la bibliothèque ne contient plus que des rangées de tablettes vides et des affiches qui avertissent les gens des dangers subversifs que peut poser la lecture. C'est le lieu parfait pour mettre au point un plan diabolique.

M. Louis pousse son chariot dans la salle poussiéreuse et remplie de toiles d'araignées, et allume les lumières.

— Soyez le bienvenu, monsieur, dit Mme Tête-Enlair. Êtes-vous venu jeter un coup d'œil aux livres?

— Euh, nooon, répond M. Louis. Je cherche une grande boîte, dans le genre d'une cabine téléphonique, par exemple.

— Vous trouverez une toilette portative mauve au sous-sol, dit Mme Tête-Enlair.

— Ça va faire l'affaire, répond M. Louis. Allez me la chercher.

— Je n'arriverai jamais à monter trois étages avec cette chose-là dans les bras! s'écrie Mme Tête-Enlair.

— Bon, bon, dit M. Louis. Je vais vous donner un coup de main.

Mme Tête-Enlair transporte la lourde toilette jusqu'en haut de l'escalier pendant que M. Louis supervise l'opération.

— Bon travail, dit M. Louis. Maintenant, allez débarrasser votre bureau. Vous êtes congédiée.

— CONGÉDIÉE?!!? s'écrie Mme Tête-Enlair. Pour?

— Euh… pour le reste de votre vie, répond M. Louis.

CHAPITRE 8
PENDANT CE TEMPS, DANS L'ESPACE...

Des scientifiques travaillant à la Société internationale Piqua des explorateurs téméraires et tenaces de l'espace sidéral (SIPETTES) sont en train d'étudier la planète Uranus, lorsqu'ils voient quelque chose de très étrange.

Le major Tom Tomski et son équipage viennent de découvrir un bizarre amas de ce qui semble être des robots et des toilettes reposant sur la planète.

Les astronautes sont si occupés à regarder leur
moniteur qu'ils ne voient pas les trois créatures
visqueuses, gluantes et morveuses qui s'approchent
à toute allure de leur navette spatiale.

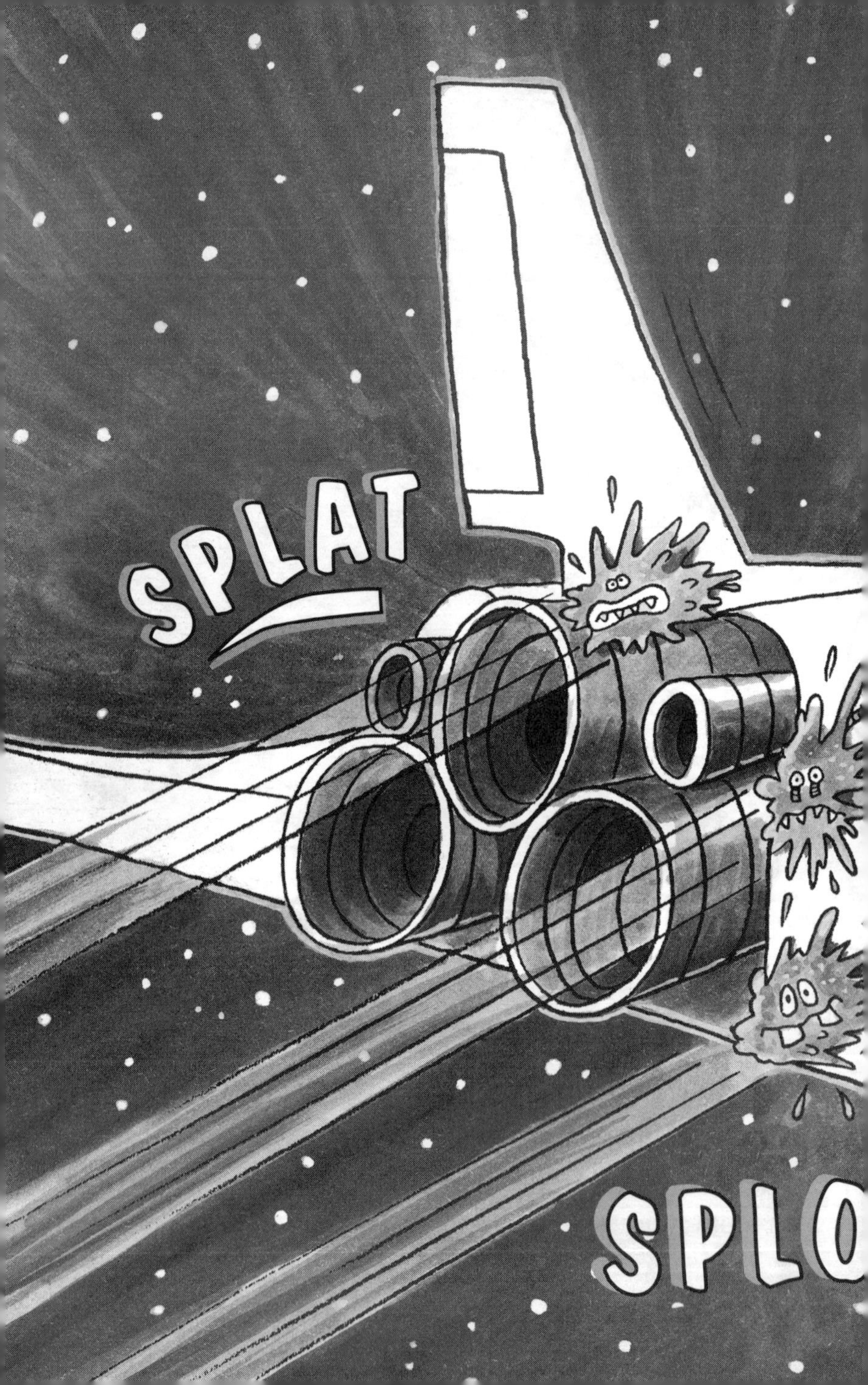
SPLAT
SPLO

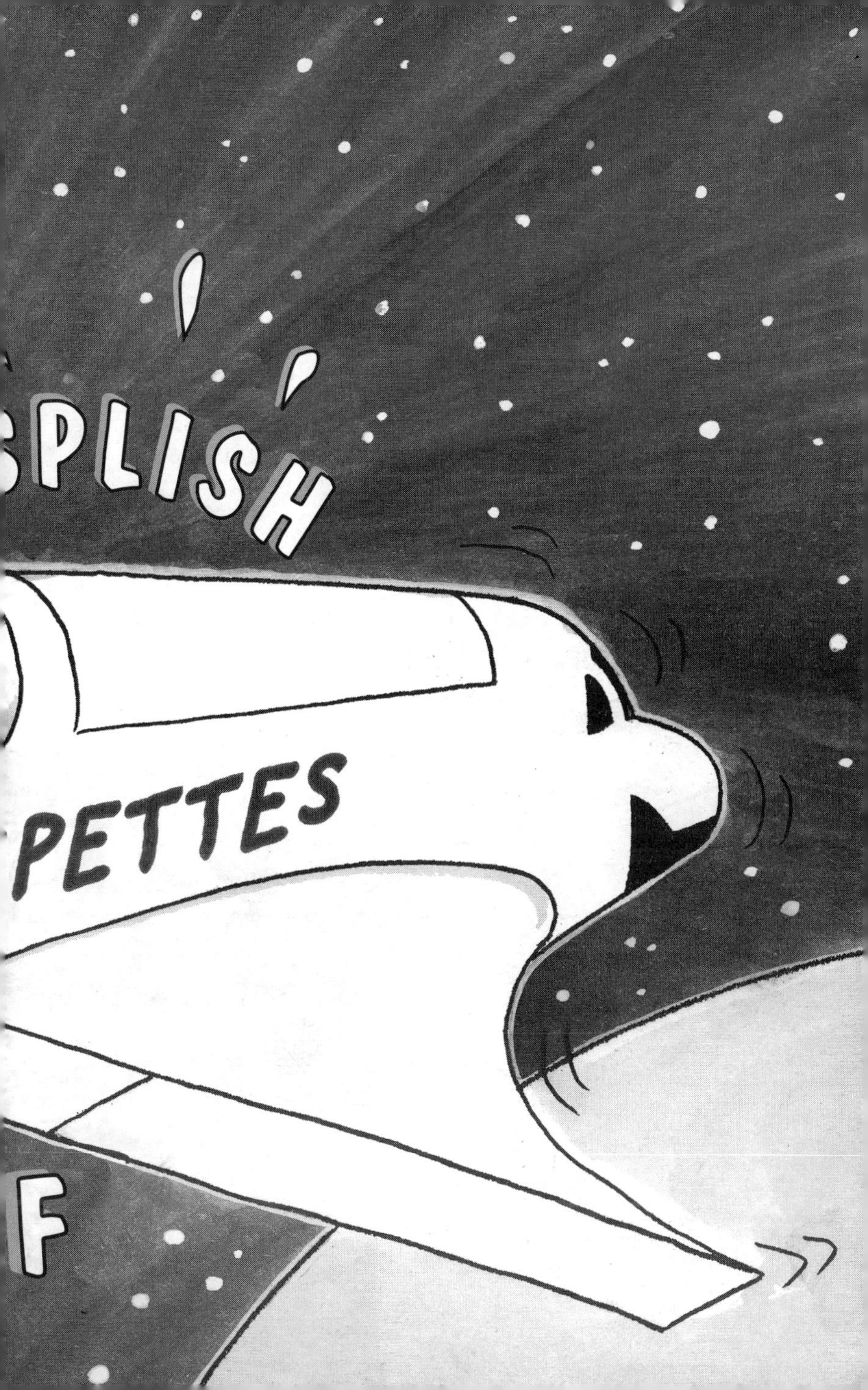
SPLISH
PETTES
F

CHAPITRE 9
LA TERRE APPELLE
LE MAJOR TOMSKI

Soudain, une voix très inquiète se fait entendre dans le téléphone spatial de la navette.

— Qu'est-ce qui se passe, les gars? demande la Terre.

— Ça... ça va, répond le major Tomski, qui dégrafe la moustiquaire de la fenêtre, sur le côté du poste de pilotage, pour mieux voir. Mais la navette semble avoir été éclaboussée par trois objets gluants non identifiés!

— Ça suffit! dit le poste de commande sur Terre.
Cette mission devient beaucoup trop étrange. Je veux
que vous fassiez demi-tour et que vous rentriez à la
maison.

— D'accord, répond le major Tomski.

Il appuie sur la pédale d'embrayage, engage la
marche arrière et, en deux temps trois mouvements,
la navette SIPETTES reprend la direction de la
Terre…

…avec, bien cramponnés à son fuselage, trois passagers clandestins très joyeux.

CHAPITRE 10

LE MÉCHANT M. LOUIS

Le lendemain, M. Louis est en train d'ajouter la touche finale à sa machine à remonter le temps lorsqu'il entend des éclats de rire provenant du corridor.

Il ouvre la porte de la bibliothèque et aperçoit
un groupe d'élèves de troisième année lisant
joyeusement le tout nouvel album de bandes
dessinées de Georges et Harold. M. Louis s'élance
dans le corridor d'un pas lourd, s'empare de l'album
et le regarde, horrifié.

— MAIS QU'EST-CE QUE…?!!?

Le capitaine Bobette
et la guère de Merveille,
le brillant abruti

Une histoire saisissante, remplie d'action et d'horreur

Par Georges Barnabé et Harold Hébert

Il était une fois une santrale nucléaire...

...qui contenait beaucoup de déchès.

Enlèvement des déchès radioactifs

Les déchets devaient ~~avoir~~ être transportés au dépotoir...

Enlèvement des déchès radioactifs

...mais un bari est ~~déboulé~~ tombé du camion.

Enlèvement des déchès radioactifs

Le bari a roulé jusqu'en bas d'une colline...

...et a atterri dans un chant de coton.

Alors, le coton s'est imbibé des déchès radioactifs et a commencé à poucer.

Puis, le coton a été récolté.

Et il a été transporté à l'usine de fabrication de souvaîtements.

Le coton a servi à fabriker des souvaîtements.

Hé, ça brille!

Bientôt...

Regarde, Louis. Les souvaîtements qui luisent dans le noir sont en solde!

Euh, moi en veux m'man, euh.

Solde

~~Après~~ Bientôt, Louis a son propre calesson.

Tu es le p'tit gars le plus cool.

Ouais, c'est moi ça.

Mais pandan la nuit, le calesson radioactif fait grandir Louis.

Les poupées sont super

J'♡ les licornes

Maison de rêves

Et grandir...

Les poupées sont super

J'♡ les licornes

Maison de rêves

...et grandir...

Maison de Louis

CRAC

Le lendemain,
Louis se réveille.

Il marche jusqu'à l'école.

Capitène, un abruti
géant attaque la ville.

Bientôt l'armée et
tout le reste arrivent.

Ensuite, une guère
brutalle éclate.

Merveille l'abruti attrape un tank et le lanse.

MMMF

Pandan ce tant, dans une école tout près...

Vous êtes vraiment pathétiques!

Vous êtes des bons à rien!

GYM

CRASH

À l'ède! Merveille l'abruti vient juste de lancer un tank et d'écraser kelkun!!!

OH, NON! Qui?

Directeur

Le prof de gym.

Ouf!!! Sé pas kelkun d'important!

Directeur

On dirait un travail pour...

CAPITAINE BOBETTE

ZOUM

Directeur

Hé, Merveille l'abruti, arrête ça!

Je ne suis pas un abruti. Je suis cool!!! Ma mer l'a dit!

Le capitaine Bobette vole autour de Merveille l'abruti et apersoit une étiquète qui dépasse de son calesson.

Mise en garde : Ce calesson peut rétrécir au lavaje.

Hum.

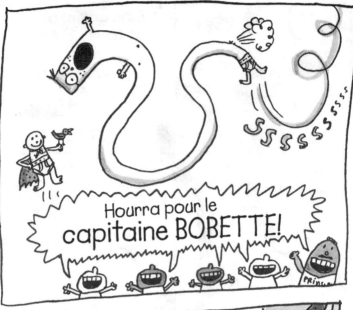

Hourra pour le
capitaine **BOBETTE!**

Ouaaah!

À la prison dé zabrutis, mon gars!

Tra-la-laaa

Prison dé zabrutis stupides

Les Éditions de l'arbre inc.

CHAPITRE 12
M. LOUIS-LE-FOU

M. Louis est furieux. Il s'élance dans le bureau et ouvre l'interphone de l'école.

— Georges Barnabé et Harold Hébert, hurle-t-il dans le haut-parleur, allez voir M. Lou... euh, je veux dire, M. Bougon à la bibliothèque de l'école IMMÉDIATEMENT!

— On a une bibliothèque? demande Georges.

Après avoir cherché pendant une vingtaine de minutes, Georges et Harold arrivent finalement à une pièce qu'ils n'avaient jamais vue. Ils y entrent avec précaution et passent, sans faire de bruit, devant des rangées et des rangées d'étagères vides, jusqu'à ce qu'ils rencontrent M. Louis.

— Je vous avais dit de me trouver un nom génial et de ne pas me faire paraître ridicule! crie M. Louis en tenant l'album de bandes dessinées de Georges et Harold dans sa main moite.

— Oups, dit Georges. Je pensais que vous nous aviez demandé de vous trouver un nom ridicule ET de ne pas vous faire paraître génial.

— Ouais, ajoute Harold. C'est un malentendu.

M. Louis jette l'album de bandes dessinées par terre, puis conduit Georges et Harold jusqu'au p'tit coin mauve.

— Vous vous souvenez de l'idée géniale que j'ai eue de construire une machine à remonter le temps? demande M. Louis.

— En fait, réplique Georges, c'était mon...

— Eh bien, la voici! l'interrompt M. Louis, l'air triomphant. Et vous deux, les fins finauds, vous allez la tester pour moi!

— Quoi? s'écrie Harold.

— Je vais vous faire remonter le temps jusqu'à avant-hier, déclare M. Louis. Et vous êtes mieux de ne pas revenir avant d'avoir mis la main sur mon Combinotron 2000.

— Super, dit Georges. J'ai toujours voulu voyager dans le temps.

M. Louis a beaucoup de consignes à donner à Georges et Harold, avant qu'ils entament leur voyage dans le temps. Et, bien que les consignes soient très ennuyantes à écouter, les garçons auraient mieux fait de les écouter, au lieu de s'amuser avec les lettres du tableau tout près.

M. Louis parle longtemps des caractéristiques de sa machine et des conventions à respecter lorsqu'on entreprend un voyage dans le temps.

— Prenez bien garde qu'on ne vous voie pas, prévient M. Louis. Si quelqu'un vous voit, zappez-le avec mon tout nouveau Trucmuchenuche-à-oubli 2000.

— Avec cet appareil, vous allez effacer toute la mémoire à court terme de la personne et elle ne se souviendra pas de vous avoir rencontrés.

M. Louis a également construit un faux Combinotron 2000 que nos deux amis devront échanger contre le vrai.

Enfin, M. Louis donne à Georges et Harold un avertissement extrêmement important :

— Il est très important que vous n'utilisiez pas cette machine à remonter le temps deux jours de suite. On doit la laisser refroidir tous les deux jours, sinon elle pourrait ouvrir une brèche oppozo-dimensionnelle réelle, susceptible de détruire la planète tout entière.

Georges et Harold se mettent à rigoler de leur nouveau message sur le tableau.

— HÉ! s'écrie M. Louis. Avez-vous entendu un seul mot de ce que j'ai dit?

— Ouais, ouais, ouais, répond Georges. On doit remplacer le truc par l'autre truc!

— Et si quelqu'un nous voit, poursuit Harold, on doit le zapper avec l'oublimuchenuche.

— Ne t'inquiète pas, on sait ce qu'on doit faire! dit Georges.

Georges et Harold montent dans le p'tit coin
mauve et M. Louis referme la porte derrière eux.
Harold règle le bouton de contrôle sur « Avant-hier ».
Ensuite, Georges tire la chasse d'eau. Soudain, un
brillant éclair de lumière verte fend les airs, puis
le p'tit coin mauve disparaît.

CHAPITRE 13
AVANT-HIER

Après quelques clignotements, tout devient tranquille. Harold ouvre la porte du p'tit coin et jette un coup d'œil dans la bibliothèque plongée dans l'obscurité. Avec précaution, les deux voyageurs dans le temps s'approchent de la fenêtre et regardent dehors. Ils aperçoivent M. Labrecque, le père de Louis, qui tente de zapper Biocrotte Dené d'un coup de Combinotron 2000.

— C'est du déjà vu, fait remarquer Georges.

— Et comment, répond Harold.

Dans le coin de la pièce, Georges et Harold trouvent un manteau et un chapeau qui appartiennent à Mme Tête-Enlair. Immédiatement, ils élaborent un plan. Harold enfile le manteau et se coiffe du chapeau, puis il monte sur les épaules de Georges.

— J'espère que ce déguisement va faire l'affaire, dit Harold.

— Je l'espère aussi, répond Georges. Il ne faut surtout pas qu'on nous reconnaisse.

81

Bientôt, Georges et Harold se retrouvent sur les lieux où se déroule l'action. M. Labrecque vient tout juste de faire feu avec le Combinotron 2000 une deuxième fois. Les garçons sont maintenant prêts à entrer en scène.

— Hum, excusez-moi, M. Labrecque, dit Harold en tentant d'imiter la voix d'un adulte du mieux qu'il le peut. J'aimerais vous remettre le Prix du plus brillant gars scientifique du monde entier.

— Vraiment? s'exclame M. Labrecque. J'ai toujours rêvé de remporter ce prix!

— Mais je dois d'abord jeter un coup d'œil à ce Combino-machin, dit Harold.

— D'accord, répond M. Labrecque, tout fier, en lui tendant le Combinotron 2000.

— Hum… dit Harold. Je dois y jeter un coup d'œil derrière les buissons là-bas.

Harold et Georges marchent en chancelant jusqu'aux buissons, déboutonnent leur manteau et échangent les combinotrons. Ensuite, ils retournent vers M. Labrecque, toujours en chancelant, et lui remettent le faux Combinotron 2000.

— Hum… tout semble conforme, dit Harold. Mais avant de vous remettre le prix, nous aimerions vous prendre en photo.

— Nous? demande M. Labrecque. Qu'est-ce que vous voulez dire par *nous*?

— Euh… Je voulais dire que moi, j'aimerais prendre une photo de vous, répond Harold.

Georges sort la main du manteau en brandissant le Trucmuchenuche-à-oubli 2000.

— Souriez! dit Harold.

M. Labrecque, tout étonné, regarde la main de Georges. Georges appuie sur le bouton.

POUF!

En un rien de temps, M. Labrecque oublie tout ce qui vient de se passer. Étourdi et confus, il rejoint sa femme en trébuchant, juste à temps pour que les crottes de nez robotiques s'animent et fracassent en mille morceaux le faux Combinotron 2000.

Pendant ce temps-là, Georges et Harold retournent à la bibliothèque en courant le plus vite possible et en emportant avec eux le vrai Combinotron 2000.

— C'était TELLEMENT facile! rigole Georges.

— Ouais! approuve Harold. Cette fois, on a été vraiment chanceux!

Mais lorsqu'ils arrivent à la porte de la bibliothèque, Georges et Harold se rendent compte que la chance ne leur a pas souri tant que ça.

CHAPITRE 14
MME TÊTE-ENLAIR

— Qu'est-ce qui se passe ici? crie Mme Tête-Enlair. Je reviens tout juste des toilettes et je trouve une toilette portative dans ma bibliothèque!

— Harold! dit Georges. Zappe-la avec l'oubli-trucmachin, vite!

— Personne ne va zapper qui que ce soit avec quoi que ce soit! hurle Mme Tête-Enlair.

Elle saisit le Trucmuchenuche-à-oubli 2000 des mains d'Harold et arrache le Combinotron 2000 des mains de Georges.

— Je vais apporter ces deux appareils à la police tout de suite! dit-elle. Elle va peut-être pouvoir éclaircir la situation!

Mme Tête-Enlair descend l'escalier, marche vers le stationnement, monte dans sa voiture et s'éloigne en direction du poste de police.

— Tu parles! dit Harold. On ne pourra jamais la rattraper!

— Oui, on va la rattraper! répond Georges. Il nous faut simplement des ailes!

CHAPITRE 15
65 MILLIONS D'ANNÉES AVANT AVANT-HIER

Georges et Harold saisissent une boîte de craquelins salés posée sur le bureau de Mme Tête-Enlair. Ils montent ensuite dans le p'tit coin mauve et en referment la porte. Georges règle vite les contrôles et tire la chasse d'eau.

Un éclair de lumière verte illumine la pièce, puis le p'tit coin mauve disparaît.

Soudain, Georges et Harold se retrouvent dans la période du Crétacé de l'ère mésozoïque, à l'époque où les dinosaures régnaient sur la Terre.

Avec précaution, ils jettent un coup d'œil à l'extérieur du p'tit coin mauve, qui est maintenant posé sur les branches d'un grand arbre.

— Viens ici, petit oiseau! appelle Georges.

— Coco veut un biscuit? demande Harold en lançant une poignée de craquelins salés dans les airs.

Tout à coup, des ptérodactyles affamés entourent les deux garçons.

En un rien de temps, un ptérodactyle à l'air
amical (un *quetzalcoatlus*, pour être plus précis) vole
vers la main d'Harold et saisit quelques biscuits.

— Oh, regarde, dit Harold. Je pense qu'il m'aime!

— Génial, dit Georges. Emmenons-le avec nous
dans la machine à remonter le temps et partons d'ici!

Harold prend le ptérodactyle dans ses bras avec
précaution, et le transporte jusqu'au p'tit coin mauve.
Puis les garçons referment la porte, règlent encore
une fois les contrôles et tirent la chasse d'eau.

Georges et Harold (et leur nouveau copain
reptilien) avancent dans le temps jusqu'à avant-hier.
   La porte de la machine s'ouvre toute grande. Les
trois amis sortent du p'tit coin mauve, s'envolent
par la fenêtre de la bibliothèque et planent au-dessus
de la ville.

Georges jette un coup d'œil en direction des rues de la ville qu'il survole et aperçoit enfin la voiture de Mme Tête-Enlair.

— La voilà! s'écrie-t-il.

— J'adore notre nouveau ptérodactyle, dit Harold. Je vais l'appeler Biscotte.

— Ne lui donne pas de nom, dit Georges. On ne peut pas le garder. On ne fait que l'emprunter.

Georges, Harold et Biscotte piquent vers la rue et atterrissent dans la voiture de Mme Tête-Enlair, qui s'est arrêtée à un feu rouge.

Mme Tête-Enlair pousse un cri d'horreur.

— Attendez! s'écrie Georges. N'ayez pas peur. Vous êtes seulement en train de rêver!

— De rêver? répète Mme Tête-Enlair.

— Bien sûr, répond Harold. Réfléchissez un instant. Des p'tits coins mauves qui surgissent de nulle part... des enfants qui se promènent avec des zappeurs au laser... des ptérosaures qui atterrissent sur votre voiture... C'est le genre de phénomène qu'on voit seulement dans un rêve.

— Vous avez bien raison, répond Mme Tête-Enlair. Ça a pourtant l'air si réel.

— Faites-nous confiance, dit Georges. Dans quelques minutes, vous allez oublier tout ça.

Quelques instants plus tard, Georges, Harold et
Mme Tête-Enlair retournent à l'école en planant avec
leur bon ami Biscotte. Le Combinotron 2000 et le
Trucmuchenuche-à-oubli 2000 se retrouvent en
sécurité.

Ils sont bientôt de retour à la bibliothèque.

— Je vais surveiller Mme Tête-Enlair, dit Georges, pendant que tu ramènes ce ptérodactyle là où tu l'as trouvé.

— Es-tu sûr qu'on ne peut pas le garder? demande Harold.

— Oui, répond fermement Georges. Il appartient à sa propre époque. Alors, ramène-le chez lui!

— Aaaaah, dit Harold.

Tristement, il monte dans le p'tit coin mauve avec Biscotte et referme la porte. Après quelques secondes, la machine à remonter le temps disparaît, dans un éclair de lumière verte.

Une demi-heure plus tard, un nouvel éclair de lumière verte illumine la pièce. Le p'tit coin mauve est de retour.

— Ça t'a pris beaucoup de temps, dit Georges. Pourquoi?

— Humm… pour rien, répond Harold.

— As-tu eu des ennuis en ramenant Biscotte chez lui? demande Georges.

— Hummm… pas vraiment, répond Harold.

— Tu l'as bien ramené chez lui? demande Georges.

— Hummmm… oui, répond Harold, d'une voix un peu hésitante.

Rapidement, Georges zappe Mme Tête-Enlair à l'aide du Trucmuchenuche-à-oubli 2000 et saute dans le p'tit coin mauve. Puis nos deux amis disparaissent dans un éclair de lumière verte.

CHAPITRE 16

RETOUR VERS
LE PRÉSENT

M. Louis est très heureux de constater que son
p'tit coin mauve est de retour... Mais il est encore
plus heureux de reprendre possession de son
Combinotron 2000.

— Maintenant, dit-il avec un sourire de mépris,
il ne me reste plus qu'à trouver
le capitaine Bobette.

Heureusement, le capitaine Bobette (qui, vous vous en souvenez sûrement, a les traits de Louis Labrecque) ne se trouve pas bien loin.

Malheureusement, il a passé les deux derniers jours à faire des bêtises.

Pour commencer, il a embêté deux vieilles dames. Il était en train de les aider à traverser la rue quand, tout à coup, il a entendu une fillette pleurer parce que son chat était incapable de descendre d'un arbre.

Le capitaine Bobette a sauvé le chaton, mais a
oublié les vieilles dames.

— Hé! s'est écriée l'une des vieilles dames. Ce
garçon volant vient tout juste de nous abandonner
dans l'arbre!

— Je vais lui mettre la main au collet, même si
je dois y laisser ma peau! a ajouté l'autre vieille dame.

Un peu plus tard, le capitaine Bobette survolait un terrain de football quand il a croisé un objet volant non identifié, fait de cuir brun, et avec des coutures de fil blanc d'un côté.

— Hum, a pensé le capitaine Bobette. C'est peut-être un dangereux OVNI!

Il s'en est donc emparé et a piqué en direction du terrain de football où, étrangement, l'équipe de football de l'école disputait un match important.

— Que personne ne panique! a crié le capitaine Bobette. Je viens tout juste de capturer cet OVNI. Je vais le transporter jusqu'à la Lune, où je pourrai le détruire en toute sécurité.

Tout à coup, les joueurs de l'équipe des visiteurs ont plaqué le capitaine Bobette, ce qui a coûté 50 verges… et la partie à l'équipe locale.

— Ce garçon vient tout juste de nous faire perdre le match le plus important de l'année! s'est écrié M. Cruèle.

— Je vais lui mettre la main au collet, même si je dois y laisser ma peau! a rugi le quart-arrière.

Le capitaine Bobette s'est aussi attiré les foudres de quelques planchistes qui s'amusaient dans le parc. Il leur a montré poliment l'affiche qui disait *Défense de faire de la planche à roulettes*, mais les planchistes ont refusé de partir. Le capitaine Bobette s'est donc vu forcé de briser en deux leurs planches à roulettes, d'un mouvement de kung-fu.

DÉFENSE
DE FAIRE DE
LA PLANCHE
À ROULETTES

Roule
ou
crève

Il a ensuite administré une bonne fessée à tout le monde!

— Yo! a crié un des planchistes. Ce p'tit gars vient juste de briser nos planches à roulettes!

— Yo! a dit un autre planchiste. Je vais lui mettre la main au collet, même si je dois y laisser ma peau!

CHAPITRE 17
LE GRAND ÉCHANGE

M. Louis ordonne à Georges et à Harold de passer la tête par la fenêtre et d'appeler le capitaine Bobette. Bientôt, le Chevalier à l'élastique blanc apparaît.

M. Louis accueille le héros à la cape dans la pièce et lui demande de prendre la pose, le temps d'une photo.

— Avec grand plaisir, dit le capitaine Bobette.

— Super, répond M. Louis. Enfilez ces vêtements et tenez-vous là!

Le capitaine Bobette hésite à enfiler les vêtements que lui tend M. Louis, mais il accepte finalement.

M. Louis, qui a travaillé tout l'après-midi à reconfigurer le Combinotron 2000, appuie sur le bouton de mise en marche, puis court se placer à côté du capitaine Bobette. Soudain, deux lasers luisants commencent l'encodage de l'ADN des deux sujets que le Combinotron est sur le point de combiner.

Puis, un vif éclat de lumière grise s'échappe du Combinotron 2000 et crée une boule d'énergie entre le capitaine Bobette et M. Louis, qui glissent ensemble dans la lumière grise et se fusionnent en un énorme amas de chair liquide.

Puis le Combinotron 2000 nouvellement reconfiguré intervertit les polarités et amorce l'étape de séparation des deux éléments humains. La boule de lumière grise se colore doucement d'une jolie teinte rosée.

Soudain, il y a un éclair aveuglant et une bouffée de fumée, puis tout est fini. Les cerveaux de nos deux personnages sont maintenant de retour dans leurs crânes respectifs.

— Ça, par exemple! Quel étrange appareil-photo, s'exclame le capitaine Bobette (qui ressemble maintenant trait pour trait au capitaine Bobette). Puis-je enlever ces vêtements, maintenant? Ils ne sont pas très flatteurs.

— Mais certainement, répond Louis Labrecque (qui ressemble maintenant trait pour trait à Louis Labrecque).

Enfin, tout semble revenu à la normale. Mais, comme nous le savons tous, les apparences sont parfois trompeuses.

CHAPITRE 18
LE RETOUR DES RIDICULES CROTTES DE NEZ ROBOTIQUES

À ce moment précis, la navette spatiale SIPETTES se pose à l'Aéroport international de Saint-Herménégilde. L'atterrissage ne se fait pas en douceur, parce que les trois crottes de nez robotiques viennent tout juste d'avaler la plus grande partie de l'aileron vertical de la navette et presque tous ses moteurs-fusées.

Le major Tomski et son équipage ont tout juste le temps de s'enfuir.

À l'intérieur de la bibliothèque de l'école, le capitaine Bobette entend les cris de panique des astronautes en provenance de l'aéroport.

— On dirait du travail pour moi! s'écrie-t-il.

D'un bond, il saute par la fenêtre en poussant un « Tra-la-laaa! » retentissant...

...et s'écrase sur le sol, trois étages plus bas.

Georges et Harold poussent un cri et dévalent l'escalier en courant.

— Capitaine Bobette! s'écrie Georges. Est-ce que ça va?

— Mais dites quelque chose! supplie Harold.

Le capitaine Bobette relève lentement la tête, tout confus.

— Maman…, dit-il d'une voix faible, mon train est parti nager dans le piano.

Pendant ce temps, à l'Aéroport international
de Saint-Hérménégilde, Carl, Trixie et Frankenmorve,
qui viennent tout juste d'avaler la dernière bouchée
de la navette spatiale, s'attaquent maintenant à la
tour de contrôle. Les trois gloutons globuleux
prennent des proportions de plus en plus
gigantesques avec chaque énorme bouchée.

— Allez-y, capitaine Bobette, dit Georges, vous devez sauver ces personnes!

— Mais je ne sais plus comment voler, se désole le capitaine Bobette, tout penaud.

— Vous n'avez pas oublié comment faire, ricane Louis Labrecque, qui flotte maintenant au-dessus de leur tête. Vous avez tout simplement PERDU vos superpouvoirs. Mais ne vous en faites pas, je les ai transférés en toute sécurité dans MON corps. C'est moi maintenant qui suis le plus grand superhéros de la Terre!

— Louis! crie Georges, les crottes de nez robotiques sont revenus sur Terre! Ils attaquent les gens à l'aéroport! Tu dois leur venir en aide!

— Je ne vais rien faire tant que vous n'aurez pas modifié cet album de bandes dessinées! rétorque Louis. Et vous êtes mieux de me donner un air branché, cette fois-ci!

— Mais on n'a pas le temps, proteste Harold. Ces gens-là ont besoin de ton aide MAINTENANT!

— Alors, vous devriez vous mettre au travail, les as du crayon! rétorque Louis.

CHAPITRE 19
NE JAMAIS SOUS-ESTIMER LA FORCE DU CALEÇON

Georges et Harold supplient Louis d'employer ses superpouvoirs pour sauver la situation, mais ce dernier refuse. Finalement, le capitaine Bobette s'interpose.

— Tu m'as peut-être volé mes superpouvoirs, dit le Chevalier à l'élastique blanc, mais la force du caleçon est encore avec moi. Ça, personne ne peut me l'enlever!

Le capitaine Bobette tourne le dos à Louis et part en courant en direction de l'aéroport.

— Louis, supplie Georges, si tu ne fais rien, ces morveux vont tuer M. Bougon!

— Ce n'est pas ma faute, réplique Louis. C'est vous qui avez écrit ce stupide album de bandes dessinées sur moi. Maintenant, vous devez le modifier, SINON…!

Georges et Harold se regardent. Leur choix est simple : ou ils combattent les méchants avec le capitaine Bobette (et en meurent probablement), ou ils s'abandonnent aux forces du mal et restent en vie.

Les deux garçons tournent les talons et se mettent à courir en direction de l'aéroport.

CHAPITRE 20
BRUNCH MORVEUX

Georges et Harold rattrapent rapidement le capitaine Bobette. Bientôt, tous les trois arrivent à l'aéroport et sont témoins du carnage fait par les ridicules crottes de nez robotiques.

Le capitaine Bobette pousse un « Tra-la-laaa! » triomphal. Les trois crottes de nez robotiques se tournent aussitôt en direction de cette voix qui leur est familière. Rapides comme l'éclair, leurs globes oculaires guidés par un laser fait un zoom sur trois des héros qui leur ont rendu la vie si misérable au chapitre 1. Immédiatement, les crottes de nez robotiques bondissent vers Georges, Harold et le capitaine Bobette... et la poursuite reprend de plus belle!

CHAPITRE 21
PRIS AU PIÈGE

Les crottes de nez robotiques poursuivent Georges, Harold et le capitaine Bobette jusqu'à ce que nos trois amis effrayés soient pris au piège au centre commercial du coin.

Tentant désespérément de sauver leur peau, les trois braves héros saisissent des articles sur les présentoirs à l'extérieur du magasin et les lancent aux bêtes rugissantes.

Georges prend des chaussures de tennis faibles en gras et les lance à Trixie, qui les engloutit d'une traite.

Harold met la main sur un délicieux tube d'onguent anti-hémorroïdes à saveur de cerise sauvage et le lance à Frankenmorve, qui l'avale tout rond.

OUT
SAUF
OUPLISSEUR
BESOINS AUTRES QUE L'ASSOUPLISSEUR

SOLDE

Le capitaine Bobette prend une orange génétiquement modifiée à saveur d'orange organique et l'envoie à Carl, qui la mâchouille en faisant un grand sourire.

Soudain, les yeux au laser de Carl se mettent à enfler terriblement. Le sourire arrogant peint sur son visage se transforme en un étouffement de panique, tandis que la morve mouillée et gluante qui recouvre son corps commence à sécher et à s'émietter. De gigantesques crottes de nez croustillantes jaillissent de son endosquelette robotisé fumant comme du maïs à éclater vert.

— Qu'est-ce qui se passe? s'écrie Harold.

— Ce sont les oranges! hurle Georges. C'est sûrement la vitamine C qu'elles contiennent! Elles combattent le rhume et la grippe qui ont transformé ces crottes de nez en créatures diaboliques!

Carl se débat furieusement, tandis qu'un plus grand nombre de morceaux de son corps craquent et tombent sur le sol. Enfin, la lumière dans ses yeux de laser pleins de panique s'éteint lentement. Il trébuche et s'effondre dans le stationnement. Carl… est mort.

CHAPITRE 22
LA VITAMINE C-FINI!

Georges, Harold et le capitaine Bobette se mettent
à lancer rapidement des oranges à Trixie et à
Frankenmorve. Mais les deux crottes de nez
robotiques connaissent maintenant le pouvoir de la
vitamine C. Ils s'esquivent, se penchent, sautent et se
baissent la tête, faisant de leur mieux pour ne pas être
frappés par les oranges mortelles.

— Hé! J'ai une idée, lance le capitaine Bobette.

Il saisit deux caisses d'oranges et part en courant,
tandis que Georges et Harold continuent de lancer
férocement des fruits aux crottes de nez robotiques.

— Mais où s'en va-t-il comme ça, s'inquiète
Georges.

— Je ne sais pas, dit Harold, mais j'espère que son
idée est bonne. On commence à manquer d'oranges!

Bientôt, il ne reste plus que deux oranges.
Georges et Harold les lancent de toutes leurs forces,
mais, hélas, les puissants projectiles ratent leurs
cibles terrifiantes.

Trixie et Frankenmorve saisissent les deux amis
par les pieds et les laissent pendre au-dessus de leurs
énormes bouches.

— Eh bien, dit Georges, on dirait que c'est la fin.

— Ouais, dit Harold. Heureux de t'avoir connu.

Soudain, les crottes de nez robotiques entendent
un « Tra-la-laaaa! » familier, provenant de quelque
part à la page suivante.

Les répugnantes crottes de nez robotiques laissent tomber Georges et Harold, et marchent lourdement jusqu'à la page 130, où ils aperçoivent le capitaine Bobette, debout sur une énorme toilette dernier cri, bien ancrée sur le toit du magasin La Maison de la toilette. Il pousse un « Tra-la-laaa! » bien sonore et fait quelques pas d'une danse particulièrement agaçante, ce qui enrage encore plus les crottes de nez robotiques.

CHAPITRE 23
LA DANSE
DE LA BOBETTE
(EN TOURNE-O-RAMA^{MC})

Tu as essayé le twist,
tu as adoré le macarena
et tu connais la danse du canard…

C'est maintenant le temps d'apprendre
la danse la plus agaçante au monde :
la danse de la bobette!

Elle va irriter parents, enseignants,
méchants diaboliques
et enfants de tous âges!

Il te suffit d'imiter les pas expliqués
dans ce chapitre pour apprendre
facilement la danse de la bobette!

Voici le TOURNE

Grâce à la magie du TOURNE-O-RAMA, tout le monde peut apprendre la danse de la bobette. Assure-toi d'abord que tu portes tes bobettes. Ensuite, suis les quatre pas de danse faciles à apprendre, illustrés aux 16 prochaines pages.

Avec un peu de pratique, tu deviendras bientôt la personne la plus énervante que tu as jamais connue! Bonne chance!

O-RAMA

PILKEY^MD

MODE D'EMPLOI :

Étape n° 1

Place la main gauche sur la zone marquée « MAIN GAUCHE » à l'intérieur des pointillés. Garde le livre ouvert et bien à plat.

Étape n° 2

Saisis la page de droite entre le pouce et l'index de la main droite (à l'intérieur des pointillés, dans la zone marquée « POUCE DROIT »).

Étape n° 3

Tourne rapidement la page de droite dans les deux sens jusqu'à ce que les dessins aient l'air animés.

TOURNE-O-RAMA 1

(pages 135 et 137)

N'oublie pas de tourner
seulement la page 135.
Assure-toi de pouvoir voir les dessins
aux pages 135 *et* 137 en tournant la page.
Si tu la tournes assez vite, les dessins
auront l'air d'un seul dessin animé.

Pour plus de plaisir, essaie de fredonner
une chanson stupide et de tourner la page
en suivant le rythme!

MAIN GAUCHE

PREMIER PAS :
LE CALEÇON COINCÉ

135

PREMIER PAS :
LE CALEÇON COINCÉ

TOURNE-O-RAMA 2

(pages 139 et 141)

N'oublie pas de tourner
seulement la page 139.
Assure-toi de pouvoir voir les dessins
aux pages 139 *et* 141 en tournant la page.
Si tu la tournes assez vite, les dessins
auront l'air d'un seul dessin animé.

Pour plus de plaisir, essaie de fredonner
une chanson stupide et de tourner la page
en suivant le rythme!

MAIN GAUCHE

DEUXIÈME PAS :
LE TANGO DE
LA TOILETTE

139

POUCE
DROIT

DEUXIÈME PAS :
LE TANGO DE
LA TOILETTE

TOURNE-O-RAMA 3

(pages 143 et 145)

N'oublie pas de tourner
seulement la page 143.
Assure-toi de pouvoir voir les dessins
aux pages 143 *et* 145 en tournant la page.
Si tu la tournes assez vite, les dessins
auront l'air d'un seul dessin animé.

Pour plus de plaisir, essaie de fredonner
une chanson stupide et de tourner la page
en suivant le rythme!

MAIN GAUCHE

TROISIÈME PAS :
LE WATUSI DE
L'ÉLASTIQUE BLANC

143

POUCE
DROIT

TROISIÈME PAS : LE WATUSI DE L'ÉLASTIQUE BLANC

TOURNE-O-RAMA 4

(pages 147 et 149)

N'oublie pas de tourner
seulement la page 147.
Assure-toi de pouvoir voir les dessins
aux pages 147 *et* 149 en tournant la page.
Si tu la tournes assez vite, les dessins
auront l'air d'un seul dessin animé.

Pour plus de plaisir, essaie de fredonner
une chanson stupide et de tourner la page
en suivant le rythme!

MAIN GAUCHE

QUATRIÈME PAS :
LE BOOGIE
DU FESSIER

147

POUCE
DROIT

148

QUATRIÈME PAS : LE BOOGIE DU FESSIER

CHAPITRE 24
LES ÉCRABOUILLES, 2ᴱ PARTIE

Trixie et Frankenmorve en ont assez. Ils n'en peuvent plus de regarder le capitaine Bobette se déhancher de cette façon. En voulant grimper sur le toit, ils appuient sur le siège de l'énorme toilette dernier cri.

Malheureusement, Trixie et Frankenmorve, trop irrités par la danse de la bobette, n'ont pas remarqué les deux caisses d'oranges placées soigneusement sous le gigantesque siège de toilette. Lorsqu'ils appuient dessus, la pression exercée sur le siège écrase les caisses d'oranges. Un délicieux jus d'orange vitaminé jaillit de partout et éclabousse leurs énormes corps pleins de mucosités.

Georges, Harold et le capitaine Bobette voient leurs monstrueux ennemis jurés commencer à se décomposer.

— Qu'est-ce qui leur est arrivé? demande Harold.

— Ils ont goûté à mon écrabouille, répond le capitaine Bobette. C'est le truc à la mode.

Les crottes de nez robotiques se tortillent dans tous les sens, tandis que la morve sèche s'émiette de leurs endosquelettes robotisés fumants. Après avoir tourbillonné et poussé des cris pendant quelques minutes, ils s'effondrent lentement sur le sol, en deux amas de métal.

Trixie et Frankenmorve sont… morts.

CHAPITRE 25

« LOUIS-LE-GRAND »

Cécile Galibois, reporter de l'émission *Sur place*, arrive sur les lieux.

— Comment avez-vous réussi à détruire les crottes de nez robotiques? demande-t-elle.

— Je me charge de répondre à cette question, répond Louis Labrecque en volant devant les caméras, drapé dans le vieux rideau qu'il s'est noué autour du cou à la toute dernière minute.

Il a vraiment l'air stupide.

— Moi, Louis-le-Grand, j'ai combattu ces monstres grâce à mes superpouvoirs, ment Louis. Je les ai ensuite détruits en me servant de mon cerveau superintelligent!

— Ce n'est pas vrai, dit Harold.

— Tu n'étais même pas là! ajoute Georges.

— Ne les écoutez pas, dit Louis. C'est moi, Louis-le-Grand, qui suis le vrai héros dans cette histoire.

Louis survole les deux crottes de nez robotiques vaincues et, à l'aide de ses nouveaux faisceaux oculaires au laser, il brûle les lettres L, L et G près des créatures mortes.

— Comme Zorro, dit Louis-le-Grand, je vais laisser mes initiales partout où j'accomplis mes actes héroïques. À partir d'aujourd'hui, lorsque vous verrez les initiales LLG en grosses lettres, vous penserez à moi!

— C'est drôle, dit Georges, moi, en les voyant, je penserais plutôt à Louis Labrecque le Gredin.

Louis-le-Grand vole en direction du capitaine Bobette et le saisit par le bras.

— Maintenant, dit-il, le monde entier va être témoin de l'humiliante défaite que je vais infliger au capitaine Bobette!

Tout à coup, une idée germe dans l'esprit de Georges et d'Harold. Ils tournent les talons et retournent à l'école en courant pendant que Louis-le-Grand continue de menacer le capitaine Bobette.

— Je t'ordonne de t'incliner devant moi, tonne Louis-le-Grand.

— Jamais! répond le capitaine Bobette.

— Tu DOIS t'incliner devant moi! rugit Louis-le-Grand.

— JE NE LE FERAI PAS! rétorque le capitaine Bobette.

— Dans ce cas, dit Louis-le-Grand en dénouant son rideau, tu vas subir les foudres de ma colère!

CHAPITRE 26
LE RIDEAU
DE LA COLÈRE

Louis-le-Grand tient fermement le rideau d'une main et en donne un coup sur le derrière du capitaine Bobette.

— Je t'ordonne de renoncer au caleçon et d'accepter le pouvoir de Louis-le-Grand!

— Jamais de la vie! s'écrie le capitaine Bobette.

Louis-le-Grand donne un autre coup de rideau sur le derrière du capitaine Bobette.

— Incline-toi devant moi, ordonne-t-il, et tu vas
avoir la vie sauve!

— Aaahh, va te faire cuire un œuf! lance le
capitaine Bobette, sur un ton défiant.

Georges et Harold reviennent, tout essoufflés. Ils dissimulent quelque chose derrière leur dos.

— Hé, Louis-le-Grand! lance Georges en soufflant comme un bœuf.

— Quoi? crie Louis-le-Grand.

Harold dégaine le Combinotron 2000 de derrière son dos et le pointe en direction de Louis et du capitaine Bobette.

— Tu ne devrais pas laisser traîner tes jouets dans la bibliothèque! dit-il en ricanant.

Louis pousse un cri d'horreur tandis qu'Harold appuie sur la gâchette.

ZAP!

Un éclair de lumière grise aveuglante jaillit du Combinotron 2000, entoure Louis et le capitaine Bobette, et les presse l'un contre l'autre.

Georges a réglé le bouton de contrôle pour combiner Louis et le capitaine Bobette, rendre ses superpouvoirs au capitaine Bobette, et procéder ensuite à la séparation des deux personnages.

— J'espère que ça va marcher, dit Harold.

— Moi aussi, ajoute Georges.

CHAPITRE 27
EN BREF

Ça a marché.

PATAF

CHAPITRE 28
AUX GRANDS CALEÇONS, LES GRANDES RESPONSABILITÉS

Louis-le-Grand tombe sur le sol dans un bruit sourd. Immédiatement, le capitaine Bobette se remet à flotter.

— Hé! s'écrie le bon capitaine. J'ai récupéré mes superpouvoirs! Je savais bien que la force du caleçon ne me laisserait jamais tomber!

Georges se tourne vers l'équipe de l'émission *Sur place* et s'empresse de zapper tout le monde avec le Trucmuchenuche-à-oubli 2000.

POUF!

Aussitôt, l'équipe de l'émission *Sur place* (ainsi que tous les téléspectateurs à la maison, qui suivaient en direct le dénouement de l'histoire) oublient tout ce qui s'est passé.

Le drame d'horreur prend fin, tout redevient normal et tout le monde est content.

Enfin… tout le monde, sauf Louis-le-Grand, c'est évident.

— Ouaaah! pleurniche Louis. Je veux récupérer
mes superpouvoirs!

— Aaah, arrête de te plaindre! dit Georges. Tu t'es
comporté comme un imbécile dans les deux derniers
livres. Estime-toi chanceux de ne pas avoir reçu ce
que tu mérites!

CHAPITRE 29
LE PASSÉ NOUS RATTRAPE TOUJOURS

Bientôt, une foule se rassemble et reconnaît Louis.

— Hé! s'écrie Mme Empeine. C'est le p'tit morveux qui m'a dit qu'il allait me congédier!

— Le voilà! s'écrient deux vieilles dames en colère. C'est le petit chenapan qui nous a laissées poireauter dans un arbre!

— Il nous a fait perdre un match important, s'écrient en chœur tous les membres de l'équipe de football.

— Yo, s'écrie un des planchistes, c'est le p'tit gars qui a brisé nos planches à roulettes!

— Hi, hi, fait Louis nerveusement. Je pense que je vais rentrer à la maison maintenant.

— Attrapez-le, hurlent les vieilles dames.

— AAAAAH, crie Louis en s'enfuyant au pas de course, suivi de près par un groupe de personnes très en colère.

CHAPITRE 30
LA SURPRISE D'HAROLD

Tandis que Louis et toute la foule de personnes en colère courent en direction du coucher du soleil, Georges et à Harold ont encore un dernier détail à régler.

Il suffit d'un petit jet d'eau lancé rapidement au visage du capitaine Bobette pour le transformer en directeur bougon.

— Une chose de réglée, dit Georges.

Les deux garçons retournent à leur maison dans l'arbre.

Tandis que Georges gravit l'échelle, Harold se met
à gigoter.

— Hummmm…, dit Harold un peu nerveux. J'ai
quelque chose à te dire, Georges.

Mais lorsque Georges arrive en haut de l'échelle
et jette un coup d'œil à l'intérieur de la maison, les
explications deviennent inutiles.

— Hé! lance Georges. Tu as dit que tu avais ramené Biscotte chez lui.

— C'est ce que j'ai fait, répond Harold. Je l'ai ramené à son nouveau chez-lui.

— Harold, dit Georges fermement, on ne peut pas garder un ptérodactyle comme animal domestique. Sais-tu combien de craquelins salés il doit manger chaque jour? On n'aura jamais assez d'argent pour lui en acheter.

— Je sais… dit tristement Harold. Mais regarde comme il est mignon. Il est même devenu l'ami de Sulu. Est-ce qu'on pourrait le garder juste une nuit?

— Bon, d'accord, dit Georges. Mais, demain, nous le renverrons à son époque.

CHAPITRE 31

LE LENDEMAIN

Le lendemain, Georges, Harold et Sulu retournent à l'école, avec Biscotte bien dissimulé dans le sac à dos d'Harold. Ensemble, les quatre amis retournent furtivement à la bibliothèque où le p'tit coin mauve se dresse devant eux, dans toute sa gloire.

— Allons-y, dit Georges. Faisons faire un dernier voyage à cette machine.

— Je n'en suis pas sûr, dit Harold. Peut-être qu'on devrait la laisser refroidir pendant une journée?

— Non, je suis certain que nous pouvons l'utiliser deux journées de suite, dit Georges. Qu'est-ce qui pourrait nous arriver?

— Il me semble que Louis nous a prévenus de ne pas employer cette machine deux journées de suite, dit Harold.

— Oui, je sais répond Georges. Il nous l'a dit au chapitre 12, au 4ᵉ paragraphe de la page 77.

— Qu'est-ce qu'il a dit exactement? demande Harold.

— Aucune idée, répond Georges. Je n'ai vraiment pas de mémoire quand il s'agit de petits détails.

— Je ne suis pas sûr que ce soit une bonne idée… dit Harold. Et si notre voyage provoquait la fin du monde tel qu'on le connaît?

— C'est ridicule, dit Georges. On dirait un scénario qui sert à annoncer la suite d'un livre pour enfants vraiment pourri!

Les quatre amis pénètrent dans le p'tit coin mauve
et en referment la porte. Georges règle le levier de
contrôle à la période du Crétacé de l'ère mésozoïque,
puis tire sur la chasse d'eau.

Tout à coup, une lumière orange se met à
clignoter follement.

— Hé! Il me semble qu'on n'a pas vu de lumière
de cette couleur-là, les autres fois, dit Harold.

C'est alors que le p'tit coin mauve se met à
trembler et à ballotter violemment.

— Il me semble qu'on n'a pas senti la machine
trembler et ballotter comme ça, non plus, dit
Georges.

— Il y a quelque chose qui ne va pas! s'écrie
Harold. Quelque chose qui ne va pas du tout!

Soudain, toute la pièce est illuminée par une explosion d'éclairs, et le p'tit coin mauve disparaît dans un tourbillon d'air chargé d'électricité.

La seule chose qu'on parvient à distinguer dans le fracas chaotique est le son de deux voix terrifiées qui crient dans l'abysse inconnu.

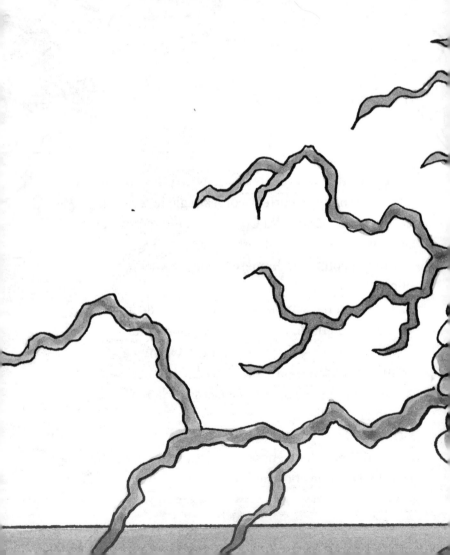

— OH NON! s'écrie l'une des voix.

— Et v'là que ça recommence! enchaîne l'autre voix.